歌集

発寒河畔

さくら鳥の来るところ

明石雅子

六花書林

発寒河畔　*　目次

装幀　真田幸治

発寒河畔

さくら鳥の来るところ

三月が来る

やはらかき雪のくびれにさす茜　中洲ふたわけにして川の流るる

川底の小石がひとつ動きたり〈苦い幸福〉ふいに光るも

東日本大震災より十一年目　海に対ひて泣く人がゐる

東北はマグニチュード9の地震14メートルの津波襲ひ来
（午後二時四十六分）

札幌は三時二十分マグニチュード3の地震が三度ありたり

ゆたかなる波が一瞬にたちあがる海の怒りをテレビは報ず

パンドラの箱の中なる原子炉は白きけむりを人の上に吐く

震災を軽く詠つてくれるなと言ひて去りたる人を忘れず

〈うさぎ追いませんこぶなも釣りません……ふるさと〉悲しい歌を読んでをります

斉藤斎藤歌集『人の道、死ぬと町』

『日本沈没』読む青年のめぐりより地下鉄電車降下し始む

千年に一度と報ずる震災を詠ふは悲し　雪　天に降る

ドミノがきれい

薄力粉ふはり落として焼きしゆゑ麦の弾力舌はよろこぶ

エンジンが切れるといふこと儘ありて横になりをり夕方近く

長椅子に寝そべるわたしはパジャマ党　マハのやうなるポーズになりて

毎日が日曜だからえいゐんにじかんの海をただよふだらう

終活といふ言葉に甘さのにほふなり切羽詰まればこころ真裸

太刀打ちが出来ず私も揺れてゐる加齢といふ名の電車に乗りて

特老やケア付きマンションに越しゆくを賢き人のやうに思ふも

ほぼ在宅ときどき入院で良しと思ふ　高齢社会のドミノがきれい

立ち枯れのイタドリ、オホバコ、反魂草　空の青さは祈りの深さ

この頃は首がめつぽふ寂しいの首のよろこぶスカーフを買ふ

セクシーな水

押せば圧し返しくる水　感官は水のしまりを悦びてゐる
セクシーな水だ　ほどよき弾力の乳房を充たし隅隅充たす

筋力の一抜け二抜けを鍛へむとプールに原始の肢体のばせり

力あるベースカラーはくれなゐと決めて水中リハビリを受く

水中をひたすら歩みつつする思索　溶けた時間を取りもどすため

ストレスの詰まりたる身に柔らかしプールの水の良き水かげん

〈胸《ここ》んとこ刺が詰まって〉苦しむはわれのみならず　水中歩む

水に濡れただけのかうべを拭くために濡れたタオルをしぼりつづける

筋肉のうつすらつきし肉体が美し鏡のむかうのをみな

クアゾーン

今ここに在るわたくしといふ神話　のぞけば水にもつとも近し

パティオにはあらずプールのクアゾーンに談笑ながき午後の妻たち

顔以外気泡まみれになりながら欲のふかさをあなたも隠す

あふむきに泳ぎゆくときつるくさのつるの捩れのゆるびゆくなり

モディリアーニのをみなのやうに首のべて雨にけぶれる街を見下ろす

生ぬるく甦るもの　われの身を通り過ぎたる　こゑ　貌　からだ

ほんの少し母なるわたしが嫌になる　水にひんやり頭《づ》を鎮めつつ

うつし身は聖母ならねど　文芸のとりこなるゆゑ疎まれてゐる

プールサイド

あしたのジョーを夢みて今日も縮みたる身の屈伸に余念なき老人《ひと》

誠実さうな老紳士いつもひとりなりプールサイドで体操をする

塩素臭ものともせずに泳ぎゐる素敵な夫婦の火水木金

金曜日の午後のリハビリ右に左に骨盤ずらし廻せよといふ

永遠の花なるマリリン・モンローのウォーク骨盤鍛へるに効く

午後五時を過ぎていそいそ帰途につく主婦的仕事持たざるわれも

独り暮らしの怖さはそこにあるものが何日間もそこにあること

老婆心ながらながらと言ひくれし声が受話器を置きても聴こゆ

セプテンバー、ノーベンバー、ノーベンバー　昨日の人と仲良しになる

不思議な文字

耳のあたり掻く鴨のゐて「そんなこと言わない知らない」女を思ふ

鼻濁音の甘ゆきこゑにて呼び交はす雄鴨雌鴨の羞しき歳月

発寒川の鴨の家族は日溜まりの水たっぷりとうごかして泳ぐ

起承転転…転をすぎたるわが影が水面に淡くゆれてゐるなり

世界やや止まりかけてるわたくしの背より胸へと通る風あり

濡れて届きし文字の不思議な屈伸に言ひたきことを忘れてゐたり

濡れて届きし文字の不思議な屈伸は迷路のごとししばし楽しむ

立棺都市

昼の月かすかなりけり篆刻のちひさき印をわが蔵ひ持つ

夭折の二、三人来てとりかへしつかぬことなどせりと詫びたり

東京の立棺都市の二十五時葉擦れのやうなこゑの飛び来ぬ

四階のすべてが書店といふビルが棺のやうにみゆるゆふぐれ

藻岩山ゆ夕べの風にふかれつつ眺むは立棺都市なる札幌

仙波龍英のパルコ三基にあらざれど立棺都市に陽の照りわたる

前の人を追ひ越す快楽も暑気払ひのひとつぞ三越五番街通り

五番街の地下へとつづく階段を降りつつ二、三度深呼吸する

何事か起こりさうなる札幌の地下歩道空間砂塵がにほふ

チャリリガチャ、ルルル、パタパタ気になるが知らぬふりして聴き耳たてる

自死の数どうして多いの北海道、今日三回もテレビは報ず

戦争の歌

熱湯にもがくはパスタの反乱か　不可思議の闇にプーチンがゐる

プーチンのウクライナ侵攻止めぬゆゑ母や幼子皆泣いてゐる

従来の危機と現在の危機の差異　核戦争の起こるはずはなし

ウクライナの街が無残に壊されて可哀想なり子供や老人

飢ゑし児のこちらみてゐる映像に心のなかの地震《なゐ》のひろがる

毀されたままの時間に潜む児のなみだ溜めたる目が迫り来ぬ

泣きながら大人の後を追ひてゆく男《を》の児の映像忘れがたかり

戦争に拘る目付きの奥の奥どうあがきても神にはなれぬ

極超音速兵器「キンジャール」使用といふプーチンやすやす命威嚇す

『ひとはなぜ戦争をするのか』といふ書簡集少しは解るが解らなくなる

フロイトとアインシュタインが説く「文化」文化とは何を指すのだらうか

戦争をまた観てをりぬ　お茶を飲み飯を食みつつ　うしろめたかり

虐待される子供たち

二月二十二日は猫の日

猫の日の猫は保護され人間の男《を》の児、をみな児保護されず死す

をみな児は虐待されて保護されず鍋中《かちゅう》に六時間立たされて死す

子を産みて傷つけ殺しまた産みて殺す　虚偽性障害精神病といふ

複雑で複雑すぎて若者の育ちきれないこころとからだ

情報の時代に生きて見渡せばあちらこちらと蜘蛛の巣ばかり

やはらかき肉

他界結界ゆきつもどりつするやうに幼き神はねむりつつ嗤ふ

可愛ゆくてあなたは生まれて来たのです　うすくのびたる爪透きとほる

やはらかき甘き肉なり　触角のやうなるゆびをふるはせ眠る

みどり児はまあるくまあるく抱きしめよこの子蚕《まゆこ》のやうになりたる

ゆふぐれの雪の青さよ卵膜はこの世あの世を隔つるひかり

なんのことやらさっぱりわからぬ、をさな児のよだれまみれの喃語は難語

パソコンに打ち込む家族の物語…むかしむかしとささやくやうに

たぷたぷ

くるぶしに水たぷたぷとたまりゐし　かの夏　たぷたぷのくるぶし多し

はは、ははと母を話題にするころの八音は半音はづれもれくる

つるつるの卵のやうな肌をもつこの児がわれのかたはらにゐて

僕は僕の顔が見えないといふ紹龍に鏡を信じていいよと答ふ
紹龍＝孫の名前

夢の中の吐息のやうなる表情で紹龍わたしの横にて眠る

中国の菊茶ほそほそひらくさま呪文のごとしねむたくなりぬ

美術館前

モビールのプラチナブルーがゆれてゐる美術館前　すつかり秋です

枯葉散る美術館前明るすぎて別れた人など思ひだせない

若いころのあなたのことばが消えてゆく　春夏秋冬　はるなつあきふゆ

忘るるといふかしこきことに酔ひながらアルミ缶などやんはりつぶす

亡き人もいま在る人も混じり合ふ不思議な夢をふたたびみたび

むくげを見上ぐ

わたくしが最後なのです　といふこゑはあなたでしたか　むくげを見上ぐ

アフイ科のいちにち花の白むくげ今日といふ日を選びて散るや

惜しみつつ掬ひあつめしはなびらの最後のいのちをしみじみと見る

花を摘みかくれんばうして子を産みてわたしといふも一炊の夢

しあはせも不幸ばなしも聞き飽きてめつぽふ眠い秋の陽だまり

きれいな仏壇

横断歩道のむかうに見える仏具店60％オフの明かりを灯す

死んだ人のためにだけある仏具店がこの頃わたしに近づきて来ぬ

デザインの綺麗な位牌を眺めつつ戒名なども考へてをり

クリスタルの小さき位牌はわが戒名書くためにあると思ひて眺む

縺れさうなコードナンバーがあなたなの　うすら笑ひのながきモナリザ

テレビ観つつおもはず嘲ふ笑ひつつ嗤ひ終へたるのちのくらやみ

ひとりする湯浴み・洗濯・飲食の五感はやさし　水に仕ふる

肩の雪はらひながらに神を説く神のしもべを雪に帰しぬ

神様の場所

ビッグバンといふはるけきロマンを持つ地球《テラ》の縁《へり》に棲みゐて新年迎ふ

すぐそばに死があるゆゑに距離おきて話せ食せといふ　令和三年

神様の場所のやうです　ウイルスのための符《しるし》が席にありたり

神ならずコロナのための空席があちらこちらと病院にある

三密といふ何やら甘ゆき言の葉のほそほそ飛び交ふマスクの中より

赫きザクロ

コロナ禍で傾ぎゆく街サッポロも灯《ひ》点れば夜は過疎の地のごと

地下鉄やバスの中にて咳き込めばマスクの人の目付きが変はる

地下街に赫きザクロは売られをりコロナウイルス息づくごとく

酢のなかのパプリカなのです　わたくしもマスクをつけて地下街をゆく

中東のをみなのニカブにあらざれどマスク、マスクでをとこも歩く

ウイルスとホモサピエンスの戦ひは却初よりありきとわれも諾ふ

武漢より発症したるは十二月八日ぞ　コロナウイルス（令和元年）

北大理学部

マスクする異常に慣れてマスクせぬ人の異常がこの頃怖し

フロントのビニールシールドを揺らす風　ときをりなないろの虹をつくりぬ

北大の四月の桜はタイ焼きのしつぽあたりとのはらの言ふなり
のはら＝孫の名前

北大の理学部も入学式は午後になるといふ拓也のメール

週二回ゆくといふ北大理学部の近くをわれもマスクして過ぐ

孫の通ふ北大三周して戻るコロナ禍オリンピック溽暑なりけり

令和三年

八月のお寺参りは娘とふたりそろりと外食済ませて帰り来

供物などお持ち帰り下さい　辛口のコップ酒ひとつ置きて帰り来

狸小路の狸まつり

立葵咲く角ふたつ曲がり来て狸まつりの人込みにをり

狸小路の狸まつりに狸をらず人間様に化けたか狸

人間様に化けた狸はセクシーな女男にて生足生腕長き

法被姿の長髄彦とサロメゐて狸小路はしばし華やぐ

狸小路の狸まつりの狸たち神輿の上で八開手《やひらで》を打つ

「恋ごころ」といふ映画見たくて狸小路のシアターキノにわれは来たりぬ

「恋ごころ」観てきしゆふべは眉月のこそばゆきまで光らむとせり

短歌さらりと捨ててしまへと思ひしが夜の明けたれば一首生まるる

狐雨

北一条狐雨降る　アカシアは魔女百万の乳房を垂らし

北一条狐雨降る　ＹＯＳＡＫＯＩの祭りの乱舞すぎたる夜に

北一条狐雨降る　背後よりけむりのやうなる柳絮ながれて

北一条狐雨降る　銀杏の葉のちりぢりがみだりがはしき

北一条狐雨降る　一年に一度だけなら騙されようか

化粧せるをとこ可愛ゆし風に帆を張るいきほひのソーラン祭り

ツッパリがツッパリでなくなる花の世の昏れて昏れざる祭りの不思議

さくら鳥の来るところ

発寒の語源は「ハッチャブ」、さくら鳥の来るところといふ伝へありたり

ハッチャブ＝アイヌ語

さくら鳥来るといふ河畔の前方に万葉集の歌碑二十三基ある

さくら鳥待ちつつ待ちつつくたびれてわたしはおばあさんになりました

満開のさくらの花をゆらす風　わたしも一緒に揺れてをります

来る人と逝きたるひととすれちがふ発寒河畔の風ひかる橋

数メートル先に光の渦みえてさはさはとあそぶ春の子鳩ら

梅さくらレンゲウいつせいに咲く五月　さくら鳥来る発寒河畔

歌誌「岬」の師を偲ぶ

詩歌捨つることなくすぎし日月の時間を游ぐ　皮膚呼吸

短歌とは何か　何も知らないわたくしは前衛短歌の真ん中にゐた

定型の魔力といふは眩しかり　塚本邦雄『湊合歌集』

ヨーク見テオケ、ヨーク見テオケ〈ワタクシノ此ノサレカウベ〉悲シガラズニ
鈴木杜世春（平成八年二月十五日逝去・享年七十一）

女面被せられたるサレカウベ　美しすぎる白骨《しらほね》を見る

〈お前は熱くお前を生きよ〉なあマサコ、マーサコマサコ声が聴こゆる

増谷龍三（平成八年五月二十七日急逝・享年六十七）

〈私は歌人の増谷龍三〉と今はの際の言葉を悲しむ

甘噛みに〈ラヴ・イズ・オーヴァー〉歌ひたる龍三想へば切なかりけり

金輪際醒めたりはせぬ死者の顔今朝はゆるびてほほゑみてをり

表現者といふ鬼はさびしゐ　夢の中に顕ちきて〈頼む頼む〉と言ひたり

坪川美智子先生、某施設へ入所す

智恵子にはレモンがあなたにはほほゑみが似合ふ陽のなかこんなに暗い

子守歌うたってあげたくなるやうで籠に飼はるる小鳥のやうで

〈ゆふ空もひとも一会とこそ思へ〉ふかくしづかに狂へるひとよ

泣きながら夜の地下鉄乗り継ぎぬあなたは闇を漕ぎゐたるかな

ほんたうの自由といふのは…いちまいの鉄の扉のきしむ音する

恩師・山名康郎先生を偲ぶ（平成二十九年六月十八日逝去・享年八十九）

短歌一首褒められたれば嬉しくてそれ以後わたしの恩師となりぬ

さはさはと鳴る葦の葉の爽やかな波より出づる夏の白雲（高二）

試験後の気は晴れ晴れと青空にぽっかり浮かぶ白雲のごと（高一）

別れの字を書けば彼方の雪も暮れて孤愁は灯りのなかに滲みぬ（高二）

雨に濡れた前髪あげて見る鏡見知らぬ未知の女のごとし（高二）

この胸のスカーフに包みきれない面影を頑なに抱きて白き街ゆく（高二）

明石短歌は破綻もあるが不思議にも破綻が良いとの言葉は宝

先生の命終はりし六月はアカシアの花が満開でした

砂漠のこゑ

〈私分のひとつかみ〉ほどの年月に死があり愛あり杳き夏の日

砂漠とは〈こゑ〉といふ意味と言ひたりし人はわたしに砂漠を残す

サンドストーン　砂漠のこゑのする海に昨日死にたる人を思ひたり

べつかふ色の月のぼりきぬ　この夏の喜怒哀楽のわたしを照らす

かたはらを昔の風が吹いてます　明日もきのふと変はらぬ風です

あたたかき陽はゆうらりと額に射しあぶらのやうな時ながれゐき

ポトスこんなにのびる真夏のベランダに熱帯ぶ夕陽の射す六時すぎ

わたくしはわたしといふ花咲かせたか時間の外より問ふ人のゐる

カマンベールチーズ

やさしいと言はれつづけてゐる苦痛ナーンのにぶき生地を裂きをり

カマンベールチーズの白きかさぶたを食みゐつ…不埒な恋も悪くない

生き残りの恥のひとつに皮下脂肪つきはじめたるゆるき下腹部

聴き分けの良き木は並びいっせいに悪き葉えらびて落としてゐます

落とすべき葉を落としそこねたる木がありて木にも要領の良き悪きある

単純によろこび複雑に悲しみて今年の夏も過ぎてゆくのか

ぼろぼろといふほどでもないが半ぼろの楕円の心は　かたつむり

骨格を晒して凛とたちならぶシラカバ裸林《らりん》　品格のあり

フランスはとほいけれどもロンサール語るあなたのまなこは熱い
現代詩好きなあなたの言の葉のオードにふれしは今年のたから

ジェルソミーナ

自由とはこのやうなもの　月光へふはり翔べたかこの世の柳絮

雨の音聴きつつ眠る　ねむりとはわたしのわたしがゐなくなること

古きよき映画の中にて笑ひゐしジェルソミーナをわれは愛すも

くらがりにそよげる花よ花の樹へわたしのこゑはしづかにのぼる

プラチナ色の雨なまぬるくにほはせて善人ばかり並ぶ地下鉄

万華鏡のなかのやうなりひそひそと公孫樹は耳に似し葉を殖やしゐる

紫陽花の小鉢かかへて来し友は鬱を三階に置きて帰りぬ

黒い手袋

母の日の母はなにぶん息災で…黒い手袋注文します

うとうとねむりかけてる神経を威嚇してくる春の皀莢

〈生き残る必死と死にてゆく必死〉春をゲリラのやうな皀莢

よろしければ殺めます　といふ皀莢の棘の無数が陽をはじきゐる

皀莢の林のむかう春の陽を背に浴び沙翁のちかづきくるか

皀莢の種子の異形は試験林にひそみてしづかに匍匐してをり

皀莢の種子の異形を拾ひきてなにやら嬉しきひと夏となる

現在と過去そして明日

現在と過去がずらりと並ぶ棚　女男の埴輪の呆と口あく

口あけて呆とをぐらき洞をみす対の埴輪の無垢なるが好き

口あけて朝とゆふべに歯をみがきみがきつつ呆とわれはも埴輪

現在と過去が往ったり来たりする明日があれば仲間にします

西友で長女とばったり会ひしかば「しばらくですね」と思はず言ひたり

コロナ禍でいつも一緒よといふ長女、　チラリと婿殿見上げていふも

伸びすぎても短すぎても不自由で月夜の晩に切り飛ばす　爪

襲ひくる孤独感とは天井の高さにあるとおもひて眠る

五月のさくら

身の上に加速度といふ言葉あり　夫の忌がまためぐり来る春

寺庭に大きく根を張り花咲かすソメヰヨシノのうすけむりいろ

満開のソメヰヨシノをあふぎつつけむりのやうに生きてをります
ふりそそぐ春陽のなかにてわたくしは死者とひかりを食みてをります
はなびらはけむりのやうにこぼれきて拾ひ忘れし骨屑となる

さくら濡らす雨をにくみぬ昨日よりまなこけぶらすわが死者のため

雨の降る午後のぼんやり、この胸にさくらも死者もまだ濡れてゐる

もう少し時間を下さい　己が死を死にきることの出来るにちげつ

やはらかきさくらはけむりとなるさくら　五月おもへば死者三人なり

仏壇のとびら開けばこもりゐしひかりやはらかくわれをつつめり

さくら咲く五月が怖し　事切れてゐたることさへ知らずにありき

ドラール

ぽぷらーに、ゆよーんとかかる朝月の朦朧体とつながれてゐて

朝月の朦朧体をながめつつわたしはここよと呼びかけてみる

札幌の空を飛びゆく飛行船　千里彼方のひとの恋しゐ

カラス族の人を呼び込むこゑも消えさみしかりけりススキノの夜

雪つぶて受けて真白き公孫樹の沈思黙考謎めくばかり

二十四軒下《しも》手《て》稲《いね》通りふぶくともなき雪がときをりくちびるを撥《う》つ

かたちなきものありありとみゆるとき感情などが邪魔になりたり

桃色の抗生物質服む人のまなこうつすら仏陀のごとし

ドラールのあはきくれなゐ　いちにちの声がしばらく交錯したり

ドラール＝睡眠導入剤

レディー・ガガ

白内障癒えても忌憚のなき寡婦で風の意のまま吹かれて暮らす

雅子さん雅子さんと男の孫が呼ぶゆゑわたし百年生きむ

彼岸にて死者も夢みることあらむ正月二日　母の命日

とほくより心あやつるごときこゑ〈きれいは汚い　汚いはきれい〉

ミラーガラスの空の邃きに入りゆかむ小さく老いたる　わたしのからだ

自画像を文字にて遺す定型の器に今日は吾亦紅盛る

〈芸術は爆発である〉レディー・ガガあなたのやうな行動もある

仏桑華

短歌に狂へと言はれたりしも杳かなりふはりふはりと日常を生く

良く動く人の舌端ながめつつ徐徐にからだが冷えてゆくなり

少しづつしぼむわたしの紙風船　今も昔も言葉とは　剣

土のこゑ聴きつつ歩けば不思議なりわたしのこころもやはらかくなる

「よく会いに来てくれたなあ」といふ声に目覚めて逝きたる人を偲びぬ

ことばなきことばにひらく仏桑華　秋しみじみと人に逢ひたし

海ひとつ越えて届きし年賀状〈ガンバラないでガンバレ〉とある

考へる葦

宥すことゆるさるることゆるむことゆつくり老いの学習をする

雪の野にほれぼれ枯れてゐるススキ、青の時代がわれにもあつた

考へる葦は老いたる葦となり受話器のむかうのこゑやはらかし

うたがはず訪れくると信じゐて今日も言ひたり　ぢやまたあした

言葉とはまぼろしならむ「そのうちにそのうちにきっと…」雪ふりしきる

〈かへらざる時に逢ふため〉といふコマーシャル　遠くへゆきたし逢へるのならば

死に別れの女のわたしが棲んでゐるこの三界のながきたそがれ

〈三界に家無し〉われが三階を終の棲家となしてねむるも

さくら時、女時もすぎて人の上人の下なるマンションに棲む

かさねたる月日の重さなどありやひかりのなかを翔びゆくカモメ

出逢ふべき人に出逢ひて別れたり　荊棘《うばら》の花のなつかしきかな

ああ日差しぬくきよなどとつぶやきてけむりのやうに生きられるのなら

鳩とアマリア・ロドリゲス

パンの耳ためてゐるのは鳩のため　愛想悪き兄ひとりゐる

鳩に餌を与ふる善人　時としてうとましきかな群れなすものら

寒風にさらされをれば不憫なり赫き脚など見せるなよ　鳩

むかしむかし毀れたこころに谺する　アマリア・ロドリゲスのファド

ひと様のことと思ひてゐたる死がふと立ち上がり目の前にある

道庁、赤レンガ通り

ゆふぐれを電話に出でて気づきたり朝よりはじめて声発すると

ランチタイムのあなたやわたしをつつみ込む紙ナプキンのふっくらとして

百人の男やをんなの食べる音　道庁、赤レンガ通り浄くはあらず

口渇く口が渇くと樹に群れておだやかならず　総身の黒

どこに所属のカラスか知れず樹に群れてだみごゑ放つかはたれどきを

会議するカラスが道庁の樹に群れて暗号めきしこゑ交はしをり

束ねたる髪

束ねたる髪が車内に息づきて生きてゐるぞと迫りくるなり

地下鉄の高齢者席にわれはゐて点眼液を三種類注す

白濁の良薬苦しまなこより鼻涙管経て口中にあり

善人ばかり乗つてゐるのに地下鉄の連結ジャバラは震へてをりぬ

ひるがほ

あなたへの長い手紙を書き終へて深夜一枚のCDを聴く

真夜中の無言電話のむかうがは受話器持ちたる闇をおもひたり

余命とはプラチナゾルーのコンタクトレンズのむかうのゆふぐれの空

たたかひにあらぬたたかひ白檀の香をききつつこころ鎮めたり

海に来てふとおもひをり泣くことのめつぽふ少なくなりし身の上

海の泡たちまち風に吹きちぎれひもじき記憶のおもいおもい午後

植物にもしなれたなら…砂を這ふこのひるがほがいま魅惑的

魂を素つ裸にせよといふジョアン・ミロの言葉がわたしを領す

山陽線の小さき駅

カンナ不敵なまでに乱れて咲く駅を通り過ぎたり新幹線で

山陽線の小さき駅にて腐れ咲く分厚き朱きカンナ哀しゑ

三百年の歴史持ちたる松田屋で六十年ぶりに甥に会ひたり

六十年といふは二万一千九百日、五歳の童子が老人と化す

六十五歳もわれには童子ぞ五歳児の面影目尻あたりに探す

四歳の甥と十二歳のわれがゐる懐かしきかな古き写真は

ずうーっと昔泣いてたこの子をあやしてた丸くて甘い林檎となりて

湯田温泉の松田屋ホテルゆかしくて心づくしの懐石料理

もう一度会ひたい会ひたい熊本は高齢者には遠すぎるのです

徳島、和歌山

血を吐きて死ぬるは『不如帰』の浪子ならず三十二歳の祖父にてありき

祖父の死に祖母は二十八歳にて後追ひす　母四歳の春の日なりき

徳島の優しすぎたる裏のうら因襲深きが身にしむるなり

曼珠沙華両手ひろぐるほどに咲き沼江《ぬえ》の畦道ふくらむばかり

わが父は平家落人の末裔なり　熊野古道を語らず逝きぬ

落人の末裔なる人の訪ね来てわたしに詳しく語りくれたり

娘と来たる熊野三山、那智の滝、熊野参詣、亡父《ちち》偲びつつ

男とは無口の方が…とは詭弁なり父も必要以上に無口であった

なみだながすながさぬこともひと世なり母の涙を見ずに育ちぬ

ロイケミーといふ名の美しき白血病、母逝きて六十八年目となる

みんなみの血が指の先までめぐるゆゑわたしは今日も眠れぬ一樹

メメントモリ、メメントモリと七月の植物園にて哭くのは祖母か

母の日の母が泣いてをります　わたくしの地球時間のてのひらにゐて

四万十川

四万十川に沿うてゆく道、旧国道くねくね細き蛇のゆく径

四万十川の清流沿ひの曼珠沙華あちらこちらに咲きて美し

沈下橋眺めながらの川下り　しばしこの身の汚れを捨てて

花のやうにちからいつぱい生きよといふ声が四万十川の清流より聴こゆ

船頭の舟母浪漫をききながら四万十川を下る秋の日

シーソーの支点であらねばならないとかうべを揺らす曼珠沙華曼珠沙華

野ぼとけの貌のうすらにおはす日よ　縋らむ願ひひとつあるなり

コクトーの耳

目の前の人の言葉がとほくなるふたひらの耳そよがせをれど

ふたひらの耳は直立してゐます　生きてる言葉を捉へるために

このやうにここで電車を待つてます。本当の言葉に会ひにゆくため

晴れ渡る空のやうにはゆかぬゆゑ厄介者なり　聴こえない耳

コクトーの耳が欲しくて海に来ぬ　たつた二桁のコクトーの詩《うた》

をみなごのわれが拾ひし貝の殻　するどく砂に起ちてをりたり

指先ほどの補聴器しげしげ見てをれば欲しい顔をしてるねと言はる

精神のうすくらやみにひそむこゝろ、あなたやあなたのこゝろが聴きたい

副作用

真つすぐに歩いてゐるのにかくりかくり右に左にわれのかたむく

ドラえもんのドアーがあれば参じます　わたしの世界がかたむく前に

「めまひ診療のフロアチャート」でのＭＲＩ　脳がずたずたにされる音響

断層撮影、神経・筋検終了後、クスリの副作用ありと言はれたり

脳の働きは正常です　といふ医師に深く礼して帰り来たりぬ

副作用は他人様のみと思ひしがあらためてその怖さを知りぬ

せいかくに時間がからだをめぐります　モドリテウレシゲンキニナレル

定型の魔力がこのごろ重すぎて、ですから今日より空気抜きます

ねむたい九月

葉を閉ぢてねむたいねむたいねむの花　わたしはやさしくなれるだらうか

ねむたいねむたい九月はじめの体温は三十五度を超えることなし

携帯にわれの名だけが遺されて何も言はない　甥の命日

薬局の側の空き地を這ひながらねむたいねむたい昼顔の咲く

九月に入りて『夏の花』読み死者想ふ〈コレガ人間ナノデス〉姿の見えず

北一条知事公館前にてタチアフヒねむたいねむたい顔をしてます

お母さんがゐてもゐなくても生きてゆけるといふ顔なり長女しづかに笑ふ

ふくろふはねむたき尊者の貌をして今のまんまでよからうといふ

すきですサッポロ

のうぜんかづら耳燃やしつつ咲きゐたり夏のサッポロ、テレビ塔前

裕次郎が生きてた時代が青春で〈すきですサッポロ　すきですあなた〉

失つた過去とは未来を得る手段　さうしてかうして私の在る

辛すぎて涙流ししことあれど、好きです札幌　ここで死にたい

みたびよたび涙ながしてゐるわたし悲しむことが辛くなりたり

この空の何処へゆきしや鳥となりてあなたもあなたもゐない札幌

南二条西十六丁目リラ冷えの札幌の空をカモメ翔ぶ見ゆ

札幌の空を旋回するカモメ　何かが狂ひはじめて久し

海を捨てたカモメの勇気　人間を捨てたるものを拾ひはじめて

午後二時のバス停留所にてバスを待つわれと一緒にゐた万里子さん

四方万里子（中北海道現代俳句協会元副理事長。金子兜太と親交があった）

北一条の横断歩道渡りつつ永遠に《サヨナラ》をした万里子さん

死者の死を越ゆることなし炎天に燃えて切なし　のうぜんかづら

モルエラニ（小さな下り坂）

緑ひかる朝《あした》の雲に背を押され小さき白き橋まで来たり

発寒川の中洲に石の階ありてカモメが一羽首伸ばしをり

そこなしにさみしい朝です息ふかく吸ひこみながら歩きてをりぬ

〈生きてゐるあなたを書け〉といふこゑが途切れず耳にあふるる朝です

雨の日は雨にぬれつつ風の日は風にふかれて花咲かす木木

花咲かす木にもなり得ずわたくしは草のみどりのなか立ちつくす

ありなしの風にも揺れてる大柳　語りかけたくなりて寄りゆく

古き良き枝垂れ柳は百年のこゑ聴きためて揺れてゐるなり

枝垂れ柳のしだるる下を歩みきて凹地《くぼ》に咲けるツユクサをみる

ここでいい　ここでいいのといふやうに風に吹かれてツユクサは咲く

発寒河畔のところどころの小さな下り坂《モルエラニ》　小さな坂にて深呼吸する

モルエラニ＝アイヌ語

あとがき

『発寒河畔　さくら鳥の来るところ』は、前歌集『骨笛』に続く第二歌集です。作品は、「短歌人」「花林」「岬」（終刊以前）に発表しました作品、三百六十七首を収めました。

早くから第二歌集を出すようにと、今は亡き髙瀬一誌様や「花林」代表の山名康郎先生より言われ続けておりましたが、私自身は、生涯を通して一冊で充分だと思っておりましたので、のんびりとしておりました。が、晩年を迎える年齢に近くなりまして、過去を振り返ることが多くなり、忘れられないことをそのままにしておくには忍び難く思うようになりましたので、この度の歌集上梓となりました。第一歌集『骨笛』上梓より三十年以上も経っております多くの作品を、纏める作業を始めましたが、あまりにも年数が経ちすぎておりますので、焦点を絞り込む作業はとても困難なものでした。どうしたら良いのか、と迷いましたが、印象に強く残っております作品のみを選ぶことにしまして、短期間で纏めました。読み返すたびに、多くのばらつきが気になり、力不足を感じますが、不思議な懐かしさも同時に感じております。

歌集名の『発寒河畔　さくら鳥の来るところ』は、発寒川の近くに住みまして、もう半世紀になりますので、愛着が深く、心を込めての題名と致しました。

藤原龍一郎様には、お忙しい毎日にもかかわらず、身にあまる帯文を書いて頂きました。心よりお礼を申し上げます。ありがとうございました。

川田由布子様には、毎月毎月お世話になっておりますので、深く感謝致しております。

短歌で繋がっております「短歌人」と「花林」の歌友の皆様にも感謝致しております。

歌集の装幀をして頂きました真田幸治様にもご無理を申しました。ありがとうございました。

六花書林の宇田川寛之様には、最初からいろいろとご迷惑をお掛けしてしまい、申し訳ございませんでした。深く感謝致しております。

二〇二二年七月

明石雅子

略　歴

明石雅子（あかしまさこ）

1939年（昭和14年）３月２日、北海道生

「潭」（1973年入会　1981年退会）
「岬」（1982年入会　2002年終刊）
「短歌人」同人（1985年入会　現在に至る）
「花林」同人（「岬」終刊後、2003年入会　現在に至る）

1987年　短歌人新人賞受賞
1990年　第一歌集『骨笛《ミルカン》』（雁書館）刊

現代歌人協会会員、北海道歌人会幹事
ＮＨＫ学園「短歌」通信講座講師
日本歌人クラブ北海道ブロック幹事
日本現代詩歌文学館振興会評議員

〒063-0031
北海道札幌市西区西野１条１-11-27-303

発寒河畔《はっさむかはん》
さくら鳥の来るところ

2022年8月8日 初版発行

著　者——明 石 雅 子

発行者——宇田川寛之

発行所——六花書林
〒170-0005
東京都豊島区南大塚3－24－10 マリノホームズ1A
電 話 03-5949-6307
FAX 03-6912-7595

発売——開発社
〒103-0023
東京都中央区日本橋本町1－4－9 フォーラム日本橋8階
電 話 03-5205-0211
FAX 03-5205-2516

印刷——相良整版印刷

製本——仲佐製本

定価はカバーに表示してあります
ISBN978-4-910181-32-5 C0092